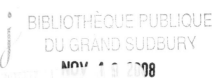

roman noir

Dominique et compagnie

Sous la direction de
Agnès Huguet

Agnès Grimaud

Lucie Wan et
la maison des mystères

Illustrations
Stéphane Jorisch

Fiches pédagogiques des romans noirs, niveau 1

www.dominiqueetcompagnie.com/pedagogie

– des guides d'exploitation pédagogique pour l'enseignant(e),
– des fiches d'activités pour les élèves

Catalogage avant publication de
Bibliothèque et Archives nationales
du Québec et Bibliothèque et
Archives Canada

Grimaud, Agnès, 1969-
Lucie Wan et la maison des mystères
(Roman noir)
Pour enfants de 7 ans et plus.

ISBN 978-2-89512-716-1
I. Jorisch, Stéphane. II. Titre.
III. Collection.

PS8613.R64L822 2008 jC843'.6 C2008-940281-2
PS9613.R64L822 2008

Direction de la collection et
direction artistique : Agnès Huguet
Conception graphique :
Primeau & Barey
Révision et correction :
Corinne Kraschewski

Dépôts légaux : 3e trimestre 2008
Bibliothèque et Archives nationales
du Québec
Bibliothèque nationale du Canada
Bibliothèque nationale de France

ISBN 978-2-89512-716-1
Imprimé au Canada

10 9 8 7 6 5 4 3 2 1

Dominique et compagnie
300, rue Arran
Saint-Lambert (Québec)
J4R 1K5 Canada
Téléphone : 514 875-0327
Télécopieur : 450 672-5448
Courriel :
dominiqueetcie@editionsheritage.com
Site Internet :
www.dominiqueetcompagnie.com

Nous remercions le Conseil des Arts du
Canada de l'aide accordée à notre programme de publication. Nous reconnaissons l'aide financière du gouvernement du
Canada par l'entremise du Programme
d'aide au développement de l'industrie de
l'édition (PADIÉ) pour nos activités d'édition.

Nous reconnaissons l'aide financière du
gouvernement du Québec par l'entremise
du Programme de crédit d'impôt pour l'édition de livres – SODEC – et du Programme
d'aide aux entreprises du livre et de
l'édition spécialisée.

Chapitre 1

Une maison à l'abandon

Je suis née pour l'aventure et je suis née aussi en Chine. Je m'appelle Lucie, avec deux noms de famille : Wan, mon nom chinois, et Tremblay, celui de mes parents adoptifs. Au Québec, il existe de nombreux Tremblay. Mais il n'y a qu'une Lucie Wan Tremblay. Il n'y a également qu'une seule et unique Féline. Elle m'a adoptée tout comme papa et maman. C'est arrivé cet été. J'avais égaré ma superballe dans le jardin…

Je la cherche au milieu des roses, des pissenlits et du persil. Où se cache-t-elle à la fin ? Aurait-elle roulé sous la terrasse ? Je me mets à plat ventre pour regarder sous les planches de cèdre. Ma balle n'y est pas, mais j'aperçois deux yeux d'un vert éclatant qui m'observent. Ça alors ! J'essaie de briser la glace : « Que fais-tu là, le chat ? Es-tu perdu ? »

Le félin ne bronche pas. Entre-temps, maman m'appelle pour le repas. Bon, tant pis. J'y vais.

Je passe l'après-midi chez Clara, ma meilleure amie. Nous jouons dans sa cour. Soudain, elle m'agrippe par le bras :

– Lucie, il y a un chat qui nous épie !

– Quoi ? !

– Regarde… près du lilas.

— C'est le minou de tantôt. Il m'a suivie !

La boule de poils tigrés s'avance vers moi. Elle se laisse caresser. Je remarque qu'il s'agit d'une femelle. Je la taquine : « Es-tu orpheline pour chercher une maman comme ça ? » Elle dresse les oreilles. Intriguée, je répète le mot « orpheline ». La chatte réagit encore. Ce son lui paraît familier. Hum ! Et si son nom ressemblait à… à… J'ai trouvé ! Elle doit s'appeler Féline.

Les jours suivants, Féline m'accompagne partout. À la bibliothèque, au parc, chez le marchand de crème glacée, elle me suit à la trace. Un vrai chien. Cela fait dire à mes parents que cette drôle de chatte m'a adoptée. Ils m'offrent de la recueillir. Youpi !

• • •

Déjà la rentrée ! Maman ajuste les bretelles de mon sac à dos qui pèse une tonne. Elle m'embrasse à la sauvette parce que le téléphone sonne. J'ouvre la porte d'entrée et je sors. Féline se faufile entre mes jambes. Elle file de l'autre côté de la chaussée. Zut ! Elle fonce dans la ruelle qui se trouve en face de ma maison.

Ce chemin mène en ligne droite à mon école. Malheureusement, mes parents refusent que je coupe à travers la ruelle, car l'endroit est désert. Je dois donc faire un long détour.

En ce moment, Féline y monte justement la garde. Devant ses miaulements insistants, je décide de la suivre. J'examine les stores du salon. Rien ne bouge. Pas de maman qui me surveille à l'horizon. Hop ! Je rejoins Féline et m'engouffre dans le passage interdit.

Plusieurs cours arrière donnent sur la ruelle. J'admire les jardins. Je compte les cabanons. J'arrive à l'angle de la rue Desrochers. Féline s'arrête net devant une haute clôture de bois. Bizarre… Que cache cette imposante palissade ? En m'étirant le cou, je parviens à distinguer le premier étage d'une maison en mauvais état. Oh là là ! On dirait qu'un géant a joué aux quilles sur la toiture et qu'il a abattu d'un coup la cheminée.

Il y a une porte dans la clôture. J'aimerais la pousser un peu, par simple curiosité. Seulement, voilà ! Elle est retenue par une chaîne munie d'un gros cadenas, et le temps presse. La cloche de l'école va sonner d'une minute à l'autre. J'appelle Féline, qui reste plantée là. Voyons ! Se prend-elle pour un chien policier ? Avec ses pattes, elle gratte le bas de la porte qui s'entrouvre. Aurait-elle flairé quelque chose ? Je ne peux résister à la tentation de passer ma tête dans l'ouverture. Grâce à mes yeux de lynx, je découvre des détails étonnants :

1. Des planches condamnent les fenêtres de l'étage.

2. Les mauvaises herbes envahissent le jardin.

3. Et beurk ! les rideaux des vitres de la véranda ressemblent à des guenilles.

De toute évidence, ce lieu est inhabité. Soudain, je frémis. Est-ce une illusion ou une main a-t-elle réellement agité les rideaux ? Je jurerais les avoir

vus se transformer en sinistres marionnettes de chiffon qui m'ordonnent de
quitter les lieux ! Je m'enfuis, terrifiée.

Chapitre 2

Un projet inspirant

Cours, Lucie, fonce ! Féline sprinte à mes côtés. Elle me laisse au bout de la ruelle, devant l'école. J'entre à bout de souffle dans la cour de récréation. Le concerto des prénoms et des exclamations de joie commence :

– Lucie !

– Clara !

– Hé, Lucie !

– Mathilde ! Julianne !

Mes amis m'entourent. Leur présence me rassure.

– Salut, Lucie !

– Beuh… beheu… Benoît !

Flûte, je rougis aussi vite qu'un homard ébouillanté. Clara sourit. Elle seule sait combien Benoît me plaît. Heureusement, madame Diaz me tire d'embarras :

– Bonjour les enfants ! En forme ? lance-t-elle à la ronde.

Elle porte toujours ses immenses lunettes qui lui donnent l'air sévère. Mais quel super prof ! Quand nous avons appris, en juin dernier, qu'elle serait de nouveau notre enseignante en troisième année, nos hourras ont résonné jusqu'au bureau du directeur.

Madame Diaz nous assigne nos places dans la classe. Nous rangeons notre matériel dans nos pupitres. Nous avons à peine terminé qu'il

faut prendre un devoir en note. Hein ?
À remettre vendredi. De la semaine
prochaine, fiou ! Nous réaliserons un
grand projet sur l'art au cours de
l'automne :

— Pour la première activité, vous de-
vrez dessiner un tableau à la manière
de votre artiste préféré, explique notre
enseignante. Observez attentivement
une de ses toiles : les couleurs, les

formes, les éléments représentés. Créez ensuite votre œuvre en vous inspirant d'un thème personnel.

– Un quoi ? ai-je demandé.

– Un souvenir de vacances, un lieu qui vous plaît, un objet auquel vous tenez. Faites votre portrait ou celui de votre poisson rouge, peu importe. Mais respectez la consigne suivante : prenez un artiste célèbre pour modèle. Monet, Van Gogh, Picasso…

– Pikachu ? plaisante Benoît.

Madame Diaz, qui n'est pourtant pas une admiratrice des Pokémon, éclate de rire. Nous l'imitons. Décidément, j'aime trop ce Benoît. Et j'ai bien hâte de trouver mon peintre favori.

● ● ●

Déjà la fin des classes ! Féline m'attend au coin de la ruelle. J'hésite à repasser par ce raccourci à cause de mon aventure de ce matin. Mais qu'est-ce que je risque en plein jour ? Je n'ai plus peur du grand méchant loup depuis longtemps. Alors, pourquoi des marionnettes m'intimideraient-elles ? N'empêche, je passe à toute vitesse devant la maison abandonnée…

Ding dong ! me voilà, maman ! Elle m'accueille avec le sourire. Je m'installe dans la cuisine et lui raconte ma première journée d'école entre deux bouchées de biscuit. Puis je monte dans ma chambre pour feuilleter l'encyclopédie de la peinture que j'ai reçue à Noël. Féline se gratte le menton sur le coin du

livre en ronronnant. J'arrête mon
choix sur Magritte. J'aime ses tableaux étranges et amusants. Sur
ma toile préférée, il pleut des…
hommes ! Magritte a peint un ciel
avec des immeubles en arrière-plan.
Des messieurs, vêtus d'un long man-
teau et coiffés d'un chapeau melon,
remplacent les gouttes de pluie. Ce
tableau s'appelle *Golconde*.

Et si je dessinais la ruelle avec ses jardins et ses mystères au lieu des immeubles ? Voyons… Qu'est-ce qui pourrait tomber du ciel ? Ben non ! Pas des Benoît. Lui, il m'est tombé dans l'œil. Ce n'est pas pareil…

Chapitre 3

La disparition de Féline

J'ai déjà terminé l'esquisse de mon tableau. Dans mon ciel, il pleut des Féline. Nous sommes vraiment devenues inséparables, elle et moi. Mais, par sa faute, j'ai commencé la journée en empruntant le passage interdit. En effet, ce matin, la coquine m'a encore tentée avec ses miaous invitants. L'appel de l'aventure a été plus fort que tout.

En traversant la rue Desrochers, j'ai entendu un « Lucie ! » qui m'a figée sur place. Le cœur battant, je me suis retournée et j'ai bafouillé :

– Beuh… Benoît ? !

Ma chatte a heureusement fait diversion en allant sentir la main qu'il lui tendait.

– Elle s'appelle Féline, ai-je dit en me raclant la gorge.

– Elle te conduit à l'école ?

– Ben oui.

– Je ne t'ai jamais vue ici aupara-
vant, a constaté Benoît.

– Ben non.

Bravo ! Un caillou aurait eu plus de conversation que moi… J'ai poursuivi ma route, accompagnée de Benoît et de Féline. Quelle poisse ! Désormais, je n'avais plus une, mais deux raisons de désobéir à mes parents : mon attirance pour l'aventure et mon attirance pour Benoît.

Le soir venu, j'ai décidé de tout avouer à maman. Mes arguments étaient solides :

1. Il n'y a pas un chat dans la ruelle (sauf Féline). Donc, personne ne risque de m'écraser ou de me kidnapper.

2. Je ne suis plus un bébé !

3. Et je veux passer par ce raccourci.

Ma mère m'a dévisagée d'un air perplexe. La partie n'était pas gagnée. Alors, j'ai dû jouer ma dernière carte. J'ai bredouillé le nom de Benoît. Et je suis devenue aussi rouge que si j'avais avalé une louche de tabasco ! Maman a souri : « J'apprécie ta franchise, Lucie. Puisque tu es prudente, c'est d'accord pour la ruelle. Surtout si tu as un chevalier servant à tes côtés. »

Bien sûr, j'ai gardé le secret au sujet de la mystérieuse maison. Histoire d'éviter que ma mère réagisse, à son tour, comme si elle avait bu une louche de tabasco…

• • •

Depuis une semaine et un jour, j'emprunte mon nouvel itinéraire pour aller à l'école, sans me cacher. Féline me suit toujours à la trace tandis que Benoît m'attend à mi-chemin. Si mon cœur continue de faire des claquettes quand je l'aperçois, ma langue, elle, ne trébuche plus en prononçant son prénom.

Nous nous rencontrons dans le dernier tronçon de la ruelle, celui qui débouche sur la cour de récréation. Ce matin, toutefois, ma routine est dérangée. En effet, Féline s'arrête net devant la maison abandonnée. Elle pousse du museau le bas de la porte qui s'entrouvre facilement, comme la première fois.

Impossible de résister à l'envie de jeter un autre coup d'œil sur le jardin en friche. Féline se faufile entre mes jambes et disparaît dans les mauvaises herbes. Elle se dirige vers… Oh ! Non ! Pas vers la porte d'entrée de la véranda ! Soudain, le vent se lève. J'entends un son terrifiant. Un long grincement plaintif…

Je m'apprête à fuir quand le calme revient. « C'était une fausse alerte », me dis-je. Schhh-schhhh ! Il y a une

autre bourrasque. Le bruit strident et métallique reprend de plus belle. Sauve qui peut ! Je ne songe même pas à rappeler Féline.

Encore tout affolée, je déboule dans la cour d'école alors que la cloche sonne. Je me glisse dans le rang, à côté de Clara et de Benoît. « Où étais-tu passée ? » me demandent-ils. Je leur résume ma mésaventure : une habitation à l'abandon, d'horribles grincements, Féline perdue dans les mauv… J'entends un « Silence, Lucie Wan ! » qui me cloue le bec. On ne plaisante pas avec madame Diaz.

À la récréation de dix heures, Clara et Benoît m'assaillent de questions. Je leur parle des marionnettes de chiffon à la fenêtre de la véranda. Ma meilleure amie, qui adore les histoires fantastiques, m'assure que cette maison est hantée.

— Je ne crois pas aux fantômes, lui dis-je. Mais je m'en veux d'avoir abandonné Féline dans ce lieu menaçant.

— Ce lieu maudit, me reprend-elle, toujours prête à imaginer le pire.

Benoît essaie plutôt de me réconforter :

— Ne crains rien, Lucie. Après l'école, je t'accompagnerai là-bas et nous retrouverons Féline.

— Dans ce cas, je viens avec vous ! s'exclame Clara.

— Même s'il faut combattre un dragon ? plaisante Benoît.

— Évidemment, rétorque-t-elle.

Un chevalier servant et une amie loyale, quoi de mieux pour affronter le danger ?

Chapitre 4

De précieuses découvertes

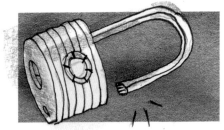

Le reste de la journée passe à toute allure. Durant la période de français, je termine le texte de présentation de mon tableau à la manière de Magritte. Demain, je dois apporter ma peinture à l'école. Je me suis beaucoup appliquée pour dessiner ma pluie de Féline. C'est demain également que nous recevrons un invité-surprise dans le cadre de notre projet sur l'art. Ce monsieur nous parlera de peinture et d'enquêtes policières.

Je suis sûre que ce sera passionnant !

La cloche sonne à 15 h 30. À 15 h 34, Benoît, Clara et moi sommes dehors. Hélas ! Féline me m'attend pas, comme d'habitude, à l'entrée de la ruelle. Accompagnée de mes complices, je me dirige vers l'inquiétante maison. La porte de la clôture est restée entrebâillée. Benoît y glisse la tête. Je me tiens derrière lui, sur la pointe des pieds. Un grincement aigu retentit soudain. Paniquée, Clara se précipite sur moi. Je perds l'équilibre et bouscule Benoît. Il heurte à son tour la porte dont la chaîne se tend sous le choc. Du coup, le gros cadenas de fer qui la retenait s'ouvre et tombe par terre ! Vite, je le ramasse pour le remettre en place.

– Montre-le-moi d'abord, me demande Benoît.

Il examine le lourd objet et s'écrie :

– Son anse est coupée !

– Depuis quand ?

– Voyons, Lucie. Comment veux-tu que je le sache !

– Mais… La chaîne a toujours été cadenassée, dis-je.

– Tu as cru qu'elle l'était. C'est différent, suggère Clara.

– Alors, le cadenas aurait pu être sectionné depuis… le début ?

– Oui, répond Clara. Et quelqu'un l'a sans doute replacé pour faire comme si la chaîne était verrouillée.

– Voilà pourquoi ma chatte grattait à cette porte ! Elle flairait un mauvais coup.

La sinistre plainte se fait encore entendre. Cette fois, nous nous

esclaffons. Maintenant que la porte de la clôture est grande ouverte, l'objet de notre frayeur se trouve à découvert ! Ah ! ah ! ah ! Il s'agit d'une vieille girouette, perchée à une extrémité du toit de la véranda. Elle couine désespérément qu'elle a besoin de graisse !

Soudain, mon cœur se fige. D'une main, je demande à mes amis de se taire et, de l'autre, je pointe la galerie vitrée. Les marionnettes de chiffon recommencent leur danse macabre. Heu ? ! Elles possèdent des oreilles et un museau ? En plissant mes yeux de lynx, je vois Féline derrière les rideaux. Mon Dieu ! Est-elle prisonnière ?

Mon estomac se noue. Par bonheur, j'aperçois aussitôt ma chatte qui s'extirpe de la véranda. La petite rusée a repéré un passage secret. Elle accourt

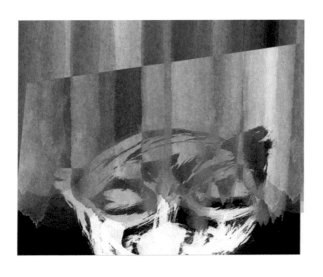

vers moi. Je la soulève et la couvre de baisers. Hé ! Que tient-elle dans sa gueule ? Une bille blanche ? Non. Il y a aussi du bleu avec un point noir au milieu. Quelle horreur ! Serait-ce un œil humain ?

• • •

Nos éclats de rire succèdent à nos cris de frayeur. Féline nous a joué un sacré tour ! L'horrible machin qu'elle a rapporté est un inoffensif œil en verre. Il appartient sans doute à une poupée. Nous devons examiner les lieux si nous voulons découvrir la clé de ce mystère.

— Trouvons un prétexte pour fouiller le jardin sans attirer les soupçons, conseille Benoît.

– Utilise ta superballe, Lucie ! propose Clara.

Bien entendu ! Je l'ai toujours sur moi. Il suffit de la jeter au milieu des mauvaises herbes. Benoît et moi ferons semblant de la chercher tandis que Clara montera la garde dans la ruelle. Je vérifie que personne ne nous guette derrière les fenêtres de la véranda. Puis je lance ma balle.

Benoît s'avance dans le jardin. Je le suis à pas de loup. Féline n'est pas aussi discrète : elle bondit à la recherche de ma superballe. Pendant que mon camarade inspecte un carré de pissenlits, je me concentre sur les abords de la galerie vitrée. J'y déniche deux magnifiques objets miniatures. Après les avoir ramassés, je fais signe à Benoît qu'il est temps de rejoindre Clara.

Nous tenons une réunion secrète dans un recoin de la ruelle. Je leur montre mes trouvailles : un livre relié en cuir et un plateau d'argent avec des arabesques gravées au milieu.

— La maison tombe en ruine, mais son jardin renferme des trésors, constate Benoît.

— Ce sont sûrement des jouets anciens, remarque Clara.

– Sont-ils précieux ? À qui appartiennent-ils ? Comment se sont-ils retrouvés dehors ? dis-je, en énumérant les idées qui me passent par la tête.

– Si nous savions qui vivait là, cela nous donnerait des indices. Dommage que nous ne connaissions personne pour nous renseigner ! soupire Benoît.

– Moi si !

Excitée comme une puce, je leur parle de ma voisine, madame Ledoux. Cette dame âgée habite le quartier depuis son enfance. Je vais donc l'interroger. « Il est 16 h 05 ! s'écrie Clara. Nos parents vont s'inquiéter. Rentrons. »

Ding dong ! me voilà, maman ! Deux-trois mots sur ma journée et hop ! je file au jardin, Féline sur les talons. Cela tombe bien, madame Ledoux est en train de soigner ses rosiers. Elle me salue à travers la clôture :

– Comment vas-tu, ma belle ?

– Très bien et vous ?

– Bien, merci !

– J'aimerais vous poser une question.

– Je t'écoute.

– Voilà. Il y a une maison abandonnée dont la cour donne sur la ruelle.
Elle possède une véranda et…

– Lucie ! Tu rôdes du côté des
Labonté, maintenant ?

Ma chatte acquiesce en miaulant.
La vieille dame ajoute d'un air entendu :

– J'imagine bien, minette, que c'est
toi qui l'as attirée là-bas !

• • •

Féline dort, pelotonnée au pied
de mon lit. Moi, je n'arrive pas à m'as-
soupir. Je repense à ce que madame
Ledoux m'a raconté tout à l'heure.
« C'est une triste histoire, a-t-elle sou-
piré. Charles et Juliette Labonté ont
fait construire cette maison à la fin
des années soixante. Ils étaient très

amoureux et rêvaient d'une grande famille. Juliette est tombée enceinte. Malheureusement, elle est morte pendant l'accouchement, ainsi que son bébé. Charles était effondré. Il a déserté la maison, trop vide sans sa Juliette. Mais il a refusé de la vendre. Elle lui appartient toujours… »

Une question angoissante s'est
roulée en boule dans un coin de ma
tête. Elle reste tapie là, attendant une
réponse qui ne vient pas. Si Charles
et Juliette n'ont pas eu d'enfant, pourquoi avons-nous découvert un œil de
poupée dans leur maison et de mi-
nuscules jouets dans leur jardin ?

Chapitre 5

Le trafic d'art

Vendredi matin, youpi! J'apporte ma peinture à l'école. Au cours de la matinée, nous exposons nos chefs-d'œuvre dans la classe et dans le couloir. Ma pluie de Féline fait sensation.

L'invité-surprise de madame Diaz arrive après le dîner. C'est le sergent-détective Jean Laprise. Ce policier n'accomplit pas des tâches ordinaires. Il pourchasse les voleurs de tableaux. Il nous raconte des histoires palpitantes.

On a volé les chefs-d'œuvre du peintre norvégien Munch, *Le cri* et *La madone,* en plein jour, en 2004, dans un musée d'Oslo. Les enquêteurs les ont récupérés seulement deux ans plus tard. En février 2006, au Brésil, des hommes ont dérobé des tableaux de Monet, de Matisse, de Picasso et de Dalí dans un grand musée. Ils ont filé à pied et n'ont pas pu être rattrapés parce qu'ils se sont fondus dans la foule colorée du carnaval de Rio, qui débutait ce jour-là !

– Combien valent ces tableaux ? demande Clara.

– Une fortune ! Ceux de Munch sont estimés, grosso modo, à 100 millions de dollars, répond monsieur Laprise.

– Qu'arrive-t-il aux œuvres volées ? s'informe Benoît.

– Tu soulèves un excellent point. Les criminels les proposent à de riches collectionneurs sans scrupules et qui ne posent pas de questions. En effet, les marchands d'art honnêtes n'achètent pas les peintures dont ils ignorent la provenance.

– Il n'y a pas de vols de tableaux aussi spectaculaires au Québec, remarque madame Diaz.

– Vous avez raison, poursuit notre invité. Pourtant, le trafic d'art existe aussi. Les délits sont commis chez des gens qui possèdent une collection rare.

– Comme quoi? s'enquiert Sergio.

– Des antiquités, des meubles, de l'argenterie, des jouets anciens…

Des jouets! Ai-je bien entendu? Je me raidis sur ma chaise tandis que

Benoît demande :

– Sur quoi enquêtez-vous en ce moment ?

– Sur le cambriolage d'une demeure dans un quartier chic. Plusieurs poupées de grande valeur, dont certaines sont centenaires, ont disparu. Des accessoires de maison de poupée ont également été dérobés.

Ma bouche se fige en un « oh » muet. Benoît et Clara se tournent vers moi. Le policier observe tout cela d'un œil expert : « Ma foi, on dirait que vous avez des indices sur cette affaire », plaisante-t-il. Et comment ! Je lui parle de l'œil en verre et des jouets miniatures que nous avons découverts. Le fin limier, très intéressé, me questionne. Toute la classe suit cette conversation avec beaucoup d'attention. Des exclamations fusent de partout quand Jean Laprise propose de passer chez moi en début de soirée pour examiner mes trouvailles.

Chapitre 6

Opération réussie !

Dès mon retour de l'école, je raconte tout à maman. Je lui jure que, sans Féline, cela ne serait jamais arrivé. Elle me dit en souriant : « *Qui se ressemble s'assemble*, Lucie. Vous êtes nées pour l'aventure l'une et l'autre ! »

Le sergent-détective Laprise arrive à 18 h. Papa et maman l'invitent à passer au salon. Je lui montre les objets. Il enfile des gants de latex et attrape sa loupe. Puis il observe le livre ainsi que le plateau aux délicates arabesques. Son visage s'illumine :

– Le livre est écrit en latin. D'après sa reliure en cuir doré et le type de papier, je pense qu'il date du XVIIᵉ siècle, nous explique-t-il.

– Quelle affaire ! s'exclame mon père.

– Quant au plateau, regardez ce motif, au milieu. Les lettres *M* et *B* forment les initiales de la personne à laquelle il appartenait à l'origine.

– L'œil fait-il partie de la collection ?

– Pas tout à fait, Lucie. Certains malfaiteurs volent des poupées anciennes, même si elles sont abîmées, et ils les remettent en état avant de les vendre. Souvent, ces poupées ont perdu un œil comme celui-ci. C'est une des pièces les plus demandées dans les ateliers de réparations de vieux jouets.

En partant, l'enquêteur me remercie pour mon aide. Il nous conseille de rester aux aguets. En effet, il est persuadé de faire une belle prise ce soir :

— La maison des mystères sert certainement de repaire à un malfaiteur. Il doit passer incognito par la porte de la véranda, sans doute la nuit. Cela expliquerait pourquoi il ne s'est pas aperçu qu'il avait perdu une partie de son butin.

— Seigneur, Lucie ! Les marionnettes de chiffon ! Le voleur devait t'épier derrière les rideaux, gémit ma mère.

Les larmes me montent aux yeux, car je comprends soudain que j'ai pris beaucoup de risques. Papa et maman me serrent très fort dans leurs bras. Nos cœurs battent la chamade.

Une heure plus tard, des sirènes
retentissent. Nous nous précipitons
dehors. Il y a beaucoup de voitures
de police dans la ruelle. La maison
des mystères est encerclée ! Pas moyen

d'approcher des lieux, sauf pour…
un chat. Féline part fouiner par-là. En
profitera-t-elle pour se rendre auprès
de Benoît ? Lui aussi doit observer la
scène de loin. Au bout d'un moment,
je rentre chez moi, bredouille, sans
savoir si l'opération policière a réussi.

Ma déception est de courte durée,
car le téléphone sonne :

– Allô, Lucie ! Sors sur ton perron.
Tu vas bientôt voir passer une auto

avec des gyrophares allumés et un voleur à l'intérieur.

– Monsieur Laprise ? !

– En personne. Grâce à toi, nous avons arrêté le cambrioleur. Il croyait sa cachette sûre et n'était pas sur ses gardes. Je l'ai interrogé à ton sujet : il t'a vue, une fois, en compagnie de Féline. Mais, comme tu avais pris tes jambes à ton cou, il était persuadé que tu ne reviendrais jamais. Quel manque de flair, hein ?

– Il ne pouvait pas deviner que ma chatte est un véritable chien policier, dis-je en riant. Et les jouets anciens ?

– Ils sont intacts. On a même saisi une centaine d'yeux bleus dans une caisse. Ce repaire servait aussi à restaurer des poupées anciennes.

– Oh !

—Je dois te quitter. Merci encore.

À l'instant où la voiture de police dépasse mon domicile, Féline surgit de la ruelle. Elle tient une petite boule blanche dans sa gueule. Bon, elle me rapporte un autre œil. Sacrée Féline ! Je récupère l'objet. Il s'agit plutôt d'un papier chiffonné. Je le déplie et souris lorsque j'y découvre un mot dont je reconnais l'écriture : « Appelle-moi. Je suis sûr que tu as des tas de trucs à me raconter. Tu es la plus cool des amies. XXX Benoît »

Agnès Grimaud
Près de chez Agnès Grimaud,
il y a une ruelle que les enfants
empruntent pour se rendre
à l'école. Sur ce chemin, il y a
une maison abandonnée qui
fascine petits et grands.
L'auteure s'est inspirée de ces lieux
pour créer la nouvelle aventure
de l'intrépide Lucie Wan.

Visite notre site Internet pour en savoir plus
sur nos auteurs, nos illustrateurs et nos collections :
www.dominiqueetcompagnie.com

De la même auteure

Dans la collection Roman noir

Lucie Wan et le voleur collectionneur

Dans la collection Roman bleu

Effroyable Mémère, incroyable sorcière

Effroyable Mémère et le Seigneur des Nœuds

Dans la même collection

Achevé d'imprimer en juillet 2008
sur les presses de Imprimerie L'Empreinte inc.
à Saint-Laurent (Québec) – 74205